Christine Sinnwell-Backes
Elisa Backes

# BACKEN für Teenager

verrückt & einfach

Fotos von
Udo Einenkel

Bassermann

# Inhalt



## Die Rezepte

# Viel Freude beim Nachbacken

Ich erinnere mich noch gut an einen meiner ersten eigenen Backversuche. Aus dem Backbuch meiner Mutter hatte ich mir Kekse ausgesucht, die schön bunt waren und ganz einfach aussahen. Beim Backen habe ich dann festgestellt, dass sie doch komplizierter waren als vermutet. Die Eierschalen sind im Teig gelandet und mussten mühsam rausgefischt werden. Das Mehl war am Ende überall verstreut. Und die Küche war danach ein Schlachtfeld! Ich glaube, das Aufräumen danach hat länger gedauert als das Backen selbst.

Klar war das chaotisch. Vor allem hat es aber einfach Freude gemacht. Backen ist etwas Wunderbares. Besonders schön ist es, wenn man seine Ergebnisse gemeinsam mit der Familie oder mit Freundinnen und Freunden teilt.

Heute backe ich ganz viel mit meinen Kindern. Und meine Tochter ist jetzt in dem Alter in dem sie die Küche für sich auch alleine entdeckt. Bei unserem ersten gemeinsamen Backbuch hat sie viele Rezepte getestet und mit entwickelt.
*Christine*

Ich liebe es zu backen. Im Teig zu kneten und Zutaten abzuwiegen bereitet mir einfach Freude. Besonders spannend finde ich es, wenn ich mir eigene Rezepte ausdenke und diese ausprobiere. Außerdem ist es einfach schön, wenn ich meinen Freunden und Freundinnen eine Freude mit meinen Backideen bereiten kann.
*Elisa*

Und nun hoffen wir, dass die Rezepte, die wir für dich zusammengestellt haben, dir Freude bereiten und beim Nachbacken gelingen. Unsere wichtigsten Küchentricks und -tipps haben wir gleich am Anfang des Buches für dich zusammengestellt.

# Infos, Tipps & Tricks

## STÄBCHENPROBE UND OFENTEMPERATUR

Jeder Ofen backt anders. Deshalb ist es schwierig eine genaue Backzeit anzugeben. Um sicher zu gehen, dass Kuchen, Muffins und Co. auch wirklich fertig sind, macht man am Ende der Backzeit die Stäbchenprobe: mit einem ca. 25 cm langen Holzstab (Schaschlikspieß) sticht man in die Mitte des Gebäcks. Bleibt Teig am Stäbchen, bedeutet das, dass das Gebäck noch ein paar Minuten mehr Zeit im Ofen braucht. Bei Obst oder Schokolade im Kuchen ist es ein bisschen schwieriger zu erkennen, denn die haften auch bei einem durchgegarten Kuchen am Holz.

## WASSERBAD

Für ein Wasserbad füllst du einen Topf einige Zentimeter hoch mit Wasser. Hänge nun eine passende, hitzebeständige Schüssel so in den Topf, dass sie nicht das Wasser berührt. Gebe die Schoko- oder Kuvertürestückchen in die Schüssel. Erhitze vorsichtig das Wasser im Topf, es soll nicht kochen. Durch den Wasserdampf schmilzt die Schokolade oder Kuvertüre, dabei muss sie umgerührt werden. Wichtig ist, dass kein Tropfen Wasser in die Schokolade/Kuvertüre gelangt, sonst wird sie klumpig. Wasserdampf ist sehr heiß und kann zu Verbrennungen führen! Daher sollte man, sobald die Schokolade/Kuvertüre geschmolzen ist, den Topf vom Herd nehmen, leicht abkühlen lassen und die Schüssel vorsichtig abnehmen.

Es gibt Kuvertüre und Kuchenglasur, die man in der Verpackungen direkt ins Wasserbad stellt. In diesem Fall reicht es, wenn das Wasser sehr warm ist und die Verpackung einige Minuten im Wasser steht.

## LEBENSMITTELFARBE

Es gibt unterschiedliche Formen von Lebensmittelfarben: Pulver, flüssig, Pasten. Wir nutzen nur Pastenfarben. Diese sind in der Anschaffung teurer, dafür aber ergiebiger und sie färben besser. Daher kann es sein, dass du mehr oder weniger Farbe brauchst, um Cremes und Teige intensiv einzufärben. Wenn du es natürlich magst, findest du im Internet Tipps, wie mit natürlichen Farbstoffen, zum Beispiel Rote Bete oder Matcha-pulver gefärbt werden kann.

## MUFFINFÖRMCHEN UND -BLECHE

Nutzt du ein Muffinblech, legst du die Mulden mit Muffinförmchen aus Papier aus, in die du dann den Teig füllst. Hast du kein Blech, ist es besser, zwei Förmchen ineinander zu stellen, damit die Muffins beim Befüllen und Backen die Form bewahren. Silikonförmchen benötigen keine Papierförmchen. Aus ihnen lassen sich die Muffins am Ende der Backzeit einfach herauslösen.

## RÜHRGERÄT UND KÜCHENMASCHINE

Egal ob du ein Handrührgerät oder eine Küchenmaschine verwendest: beide Geräte haben unterschiedliche Vorsätze: Knethaken nutzt du zum Kneten von schweren Teigen. Die Rührbesen verwendest du für Rührteige und um Cremes, Eiweiß oder Sahne steifzuschlagen. Küchenmaschinen haben oft auch einen Schneebesen zum Steifschlagen von Sahne und Eiweiß.

### EIWEISS STEIF SCHLAGEN

Für Eischnee ist es wichtig, dass die Schüssel absolut fettfrei ist und dass kein Eigelb in das Eiweiß geraten ist. Mit den Rührbesen des Handrührgerätes schlägst du das Eiweiß so lange, bis ein fester Eischnee entsteht. Um zu testen, ob dieser fest genug ist, gibt es die Messerprobe: Mit einem scharfen Messer schneidet man einmal durch die Masse. Bleibt der Schnitt klar sichtbar, ist die Masse fest genug.

### ZUCKERGUSS HERSTELLEN

Aus fein gesiebtem Puderzucker und etwas Flüssigkeit lässt sich Zuckerguss herstellen. Dazu gibt man erst nur eine kleine Menge Flüssigkeit zum Puderzucker. Das können Milch, Wasser oder Säfte sein. Nach und nach fügt man mehr Flüssigkeit hinzu, bis die gewünschte Cremigkeit erreicht ist. Ist der Zuckerguss zu dünn geraten, gibt man wieder etwas Puderzucker dazu, umgekehrt verdünnt man mit mehr Flüssigkeit.

### VEGAN BACKEN

Du selbst bist vegan oder du willst für Freunde oder Familie vegan backen? Viele tierische Zutaten lassen sich leicht abwandeln, so dass du aus den Rezepten in diesem Buch auch leicht eine vegane Variante gestalten kannst.

Für **Milch** und **Sahne** gibt es pflanzliche Alternativen auf Soja-, Mandel- oder Haferbasis.

**Eier** kann man durch verschiedene Produkte ersetzen: Drei bis vier Esslöffel feine Haferflocken ersetzen ein Ei. Den Teig sollte man dann eine Viertelstunde stehen lassen. Außerdem findet man im Supermarkt auch Ei-Ersatzmittel. Auch mit einer halben, reifen Banane kannst du ein Ei im Teig ersetzen. Vor allem in Kombination mit Schokolade schmeckt das wunderbar.

**Butter** kannst du durch pflanzliche Fette wie Margarine oder Sonnenblumenöl ersetzen.

# Der einfachste Grundteig für Muffins und Kuchen

**VERRATEN HAT UNS DAS REZEPT DIE BÄCKEREI ADELMANN AUS HÜTTERSDORF.**

Mit diesem Teig kannst Du eigentlich alles backen. Du gibst nur deine Lieblingszutaten wie Nougat, Obst oder Nüsse dazu und schon hast Du 1 leckeren Kuchen für eine 26-cm-Springform oder 12 Muffins. Bei diesem Rezept werden alle Zutaten abgewogen, das ist genauer als sie abzumessen.

125 g Mehl, Type 405 mit 7,5 g (ca. ½ Päckchen) Backpulver mischen, dann 125 g Zucker, 125 g Eier (dafür brauchst du ungefähr 2,5 Eier der Größe M) und 125 g Speiseöl (z. B. Sonnenblumenöl) zugeben und mit den Rührbesen des Handrührgeräts unterschlagen, bis ein cremiger Teig entsteht. Jetzt die Wunschzutaten zugeben (z. B. 1 gestrichenen Esslöffel Backkakao für Schokoteig oder 1 Handvoll Beeren für Beerenmuffins). Den Teig in die gefettete Form geben und die Muffins ca. 25 Minuten, den Kuchen ca. 40 Minuten im vorgeheizten Backofen bei180 °C Umluft (oder 200 °C Ober-/Unterhitze) backen. Die Garprobe mit einem Holzstab machen und das Gebäck zunächst in der Form etwas abkühlen lassen, dann auf ein Kuchengitter stellen und vollständig erkalten lassen. Nach Belieben mit Puderzucker oder Glasur verzieren.

Um Eier abzuwiegen, solltest du sie zunächst mit einer Gabel in einem tiefen Teller verschlagen.

# Sweet Kisses – Baiser Love

## Klein und wunderschön sind diese süßen Häppchen

**DU BRAUCHST FÜR CA. 20 KLEINE BAISERS**

1 Eiweiß
50 g Zucker
25 g Puderzucker
1 gestrichener TL Speisestärke
Lebensmittelfarbe in Pastenform
Zuckerperlen

**KÜCHENUTENSILIEN**

Backblech, Backpapier, Waage, Löffel, Sieb, Rührschüssel, Handrührgerät mit Rührbesen, Kuchengitter, Spritzbeutel mit Sterntülle

Füllst du den Spritzbeutel mit 2 oder 3 verschieden gefärbten Baisermassen, bekommst du marmorierte Baisers.

**1.** Heize den Ofen auf 80 °C Ober- und Unterhitze (oder 60 °C Umluft) vor. Lege ein Backblech mit Backpapier aus.

**2.** Schlage das Eiweiß mit den Rührbesen des Handrührgeräts steif. Wichtig ist, dass du eine absolut fettfreie Schüssel verwendest. Gib nach und nach den Zucker dazu und rühre so lange, bis der Eischnee fest ist.

**3.** Siebe Puderzucker und Speisestärke einmal durch ein feines Sieb und hebe diese Mischung vorsichtig, aber gründlich mit einem Esslöffel unter den Eischnee.

**4.** Wer mag, färbt die Masse mit Lebensmittelfarbpaste ein. Nicht verwenden darfst du flüssige Farben, denn durch die Flüssigkeit verliert der Eischnee seine Konsistenz.

**5.** Stelle den Spritzbeutel mit Sterntülle in ein hohes Glas und stülpe den oberen Teil des Beutels über den Glasrand. Gebe die Baisermasse in den Spritzbeutel.

**6.** Spritze kleine Kleckse auf das Backpapier, setze eine Zuckerperle auf die Spitze und gib die Baisertupfen für 2 Stunden auf der mittleren Schiene in den Ofen. Danach lässt du sie auf einem Kuchengitter auskühlen.

Du kannst auch mit
verschiedenen Farben
arbeiten. Dazu teilst du die
Masse vor dem Färben in
Portionen auf und färbst sie
unterschiedlich ein.

# Kirsch-Mascarpone-Pies

## My Heart – Let me be your Valentine

Foto auf der vorderen Umschlaginnenseite links

**DU BRAUCHST FÜR 12–14 STÜCK**

**FÜR TEIG UND FÜLLUNG**

300 g Mehl, Type 405
30 g Puderzucker
20 g Zucker
1 Prise Salz
150 g sehr kalte Butter
2 Eigelb, Größe M
80 ml Milch
8 EL Mascarpone
1 Glas entsteinte Kirschen
8 EL Kirschmarmelade
1 Ei, Größe M
2 EL Milch

**FÜR DIE GLASUR**

150 g Puderzucker
1–2 EL Kirschsaft

**KÜCHENUTENSILIEN**

Frischhaltefolie, Nudelholz, Backblech, Glas mit großer Öffnung oder runde Ausstechform (ca. 10–12 cm Durchmesser), Backpapier, Waage, Löffel, Rührschüssel, Schüssel, Gabel, Backpinsel, Handrührgerät mit Rührbesen, Messbecher, Kuchengitter

**1.** Vermische Mehl, beide Zuckersorten und Salz in einer großen Schüssel miteinander. Schneide die Butter in kleine Würfel und knete sie mit den Händen in die Mehlmischung. Füge Eigelb und Milch hinzu und verarbeite alles mit den Händen zu einem glatten Teig.

**2.** Drücke den Teig flach in ein Stück Frischhaltefolie und stelle ihn für mindestens eine Stunde im Kühlschrank kalt.

**3.** Heize den Ofen auf 190 °C Ober- und Unterhitze (oder 170 °C Umluft) vor.

**4.** Rolle den Teig mit dem Nudelholz dünn auf einer leicht bemehlten Arbeitsfläche aus. Steche mit einem Glas oder einem Ausstecher ca. 24 Kreise aus. Die Anzahl der Kreise hängt davon ab, wie groß deine Ausstechform ist. Die Teigreste werden noch einmal geknetet, erneut ausgerollt und ausgestochen, bis alles verbraucht ist.

**5.** Die Hälfte der Kreise legst du auf ein mit Backpapier belegtes Backblech.

Manchmal bleibt etwas von der Füllung übrig, je nach Größe der Kreise.

Für ein schönes Muster mit der Glasur schwingst du den Löffel locker von rechts nach links und dann von oben nach unten über die Pies.

**6.** Für die Füllung vermischt du mit den Rührbesen des Handrührgerätes Mascarpone mit 2 EL Kirschsaft und der Marmelade, bis du eine cremige Masse hast. Wer es gerne sehr süß mag, gibt ein wenig Puderzucker dazu.

**7.** Gib auf jeden der Kreise auf dem Blech in die Mitte einen Klecks der Füllung und lege darauf 3 abgetropfte Kirschen aus dem Glas.

**8.** Verquirle das Ei mit der Milch und streiche damit die Teigränder ein.

**9.** Lege die restlichen Kreise auf die Füllung und drücke die Ränder mit einer Gabel leicht zusammen. Bepinsel die Oberflächen ebenfalls mit dem verquirlten Ei.

**10.** Lasse die Pies 15 Minuten auf der mittleren Schiene im Ofen backen. Danach müssen sie vollständig auskühlen.

**11.** Verrühre Puderzucker und Kirschsaft und verteile diese Glasur mit einem Löffel locker über den Pies.

# Duftende Apfeltaschen

## Herbstgeruch zieht durch das Haus

**DU BRAUCHST FÜR CA. 12–14 APFELTASCHEN**

**FÜR DEN TEIG**
300 g Mehl, Type 405
50 g gemahlene Mandeln
200 g kalte Butter in kleinen Würfeln
150 g Schmand
60 g Zucker

**FÜR DIE FÜLLUNG**
1 gestrichener TL Zimt
4 gestrichene TL Zucker
2 Äpfel
100 g Marzipan oder 2–3 EL Apfelgelee
100 g Zartbitterschokolade
1 Eigelb, Größe M
etwas Milch

**KÜCHENUTENSILIEN**
2 Backbleche, Backpapier, Frischhaltefolie, Nudelholz, Messer, Küchenreibe, Schneidebrett, Trinkglas mit großer Öffnung oder runde Ausstechform, Backpinsel, Gabel, Waage, Löffel, Rührschüssel, Schüssel, Kuchengitter

**1.** Wiege alle Zutaten für den Teig ab und verknete sie in einer großen Rührschüssel mit den Händen gut miteinander. Wickel den Teig in Frischhaltefolie ein und lasse ihn 1 Stunde im Kühlschrank ruhen.

**2.** Bereite in dieser Zeit die Füllung vor. Vermische Zimt und Zucker miteinander. Wasche, schäle, viertel und entkerne die Äpfel, dann schneide sie in sehr kleine Stücke. Reibe das Marzipan mit der feinen Seite einer Küchenreibe. Hacke die Schokolade in kleine Stückchen. Vermische Apfel- und Schokostückchen mit Marzipan und der Hälfte des Zimtzuckers.

**3.** Lege zwei Backbleche mit Backpapier aus und heize den Backofen auf 180 °C Umluft (oder 200 °C Ober-/Unterhitze) vor.

**4.** Rolle den Teig mit dem Nudelholz auf einer mit Mehl dünn bestäubten Arbeitsfläche ca. 3 mm dick aus und steche mit einem Trinkglas oder einem Ausstecher (ca. 10-12 cm Durchmesser) Kreise aus.

**5.** Zum Bestreichen verquirle Eigelb und Milch miteinander und streiche damit die Ränder der Kreise ein. Gib auf die eine Hälfte jedes Kreises einen kleinen Löffel der Füllung und klappe die Tasche dann zu.

Für Kirschtaschen füllst du die Taschen mit entsteinten Kirschen (frisch oder aus dem Glas).

**6.** Mit einer Gabel drückst du die Ränder zusammen und stichst die Taschen noch zwei-, dreimal ein, damit die Luft beim Backen entweichen kann.

**7.** Bestreiche die Apfeltaschen mit der Eigelbmischung und bestreue sie mit dem restlichen Zimtzucker. Nun kommen sie für ca. 20 Minuten in den Ofen, bis sie goldbraun sind.

**8.** Lasse sie kurz auf einem Kuchengitter abkühlen und genieß sie am besten noch ofenwarm. Dazu passt Vanilleeis sehr gut!

It's time for
PLEASURE®

# Schokoladenscones

## Sweet and soft and very british

**DU BRAUCHST FÜR CA. 6 SCONES**

225 g Mehl, Type 405
2 gestrichene TL Backpulver
1 gehäufter EL Zucker
70 g kalte Butter
140 ml Milch
50 g Schokotropfen

**KÜCHENUTENSILIEN**
Backblech, Backpapier, Backpinsel, Waage, Löffel, Rührschüssel, Messbecher, Kuchengitter.

In England gehören Scones zum Nachmittagstee. Sie werden mit Clotted Cream (einer Sahne mit besonders hohem Fettgehalt) und Marmelade serviert. Wir mögen sie gerne mit Butter.

**1.** Heize den Ofen auf 220 °C Ober-/Unterhitze (oder 200 °C Umluft) vor und lege ein Blech mit Backpapier aus.

**2.** Vermische das Mehl in einer großen Rührschüssel mit Backpulver und Zucker. Knete mit den Händen die Butter in kleinen Flöckchen ein. Füge die Milch dazu und verknete alles zu einem locker-klebrigen Teig. Knete zuletzt die Schokotropfen in den Teig.

**3.** Bestäube den Teig dünn mit Mehl und mehle auch deine Hände dünn ein. Nun formst du sechs Brötchen aus dem Teig und setzt sie mit etwas Abstand auf das Backblech.

**4.** Bepinsel die Scones mit Milch und gib sie für ca. 15 Minuten auf der mittleren Schiene in den Ofen.

**5.** Nimm sie aus dem Ofen, wenn sie goldbraun sind und lasse sie auf einem Kuchengitter auskühlen. Bedecke sie dabei mit einem Tuch, damit der Dampf nicht entweicht. Dadurch bleiben sie besonders weich und locker.

# Mini-Kuchen in der Waffel

## Leckere Hingucker auf jedem Kuchenbuffet

### DU BRAUCHST FÜR 16 KUCHEN

16 Waffelbecher
60 g weiche Butter
1 TL Vanillezucker
40 g Zucker
1 Ei, Größe M
60 g Mehl, Type 405
¼ gestrichener TL Backpulver
2 EL Funfetti-Streusel

### FÜR DAS FROSTING

1 Packung Rosa Kuchenglasur (z. B. von Pickert) oder Kuvertüre
1–2 EL Funfetti-Streusel oder bunte Schokolinsen

### KÜCHENUTENSILIEN

Backblech, Waage, Löffel, Rührschüssel, Handrührgerät mit Rührbesen, Kuchengitter, kleiner Topf, Spritzbeutel mit Lochtülle

**1.** Heize den Backofen auf 175 °C Umluft (oder 195 °C Ober-/Unterhitze) vor.

**2.** Verrühre Butter, Vanillezucker und Zucker mit den Rührbesen des Handrührgerätes zu einer cremigen Masse. Dann rühre das Ei unter.

**3.** Vermische Mehl und Backpulver miteinander und rühre es kurz unter den Teig. Füge zuletzt die Funfetti-Streusel in den Teig.

**4.** Fülle den Teig in einen Spritzbeutel mit einer großen Lochtülle (falls Du keinen Spritzbeutel hast, kannst du einen Frühstücksbeutel nehmen, bei dem unten eine Ecke abgeschnitten wird).

**5.** Fülle die Waffelbecher bis ca. 1–2 cm unter den Rand mit dem Teig und stelle sie auf ein Backblech.

**6.** Backe sie im heißen Ofen auf der mittleren Schiene für ca. 10 Minuten und lasse sie dann vollständig auskühlen.

**7.** Schmelze die rosa Kuchenglasur nach Packungsanleitung und tauche nacheinander die Waffelbecher in die Glasur hinein. Bestreue die noch feuchte Glasur mit Zuckerstreuseln oder Schokolinsen.

# Langschläfer-Sonntagshörnchen

## Überrasche deine Familie mit einem Sonntagsfrühstück

**DU BRAUCHST FÜR 16 HÖRNCHEN**

**FÜR DEN TEIG**
- 60 g Zucker
- 5 EL Milch
- 5 EL Sonnenblumenöl
- 125 g Magerquark
- 200 g Mehl, Type 405
- 2 gestrichene TL Backpulver
- 1 Eigelb
- 1 EL Milch

**FÜR DIE FÜLLUNG**
- 50 g Schokolade nach Belieben, in Stückchen
- 50 g Frischkäse

**KÜCHENUTENSILIEN**
Backblech, Backpapier, Waage, Löffel, Nudelholz, Rührschüssel, Schüssel, Messer, Pinsel, Gabel, Handrührgerät mit Rührbesen, Kuchengitter, kleiner Topf, Metallschüssel

**1.** Heize den Ofen auf 180 °C Ober- und Unterhitze (oder 170 °C Umluft) vor und lege ein Backblech mit Backpapier aus.

**2.** Für das Wasserbad füllst du einen Topf einige Zentimeter hoch mit Wasser. Hänge eine passende, hitzebeständige Schüssel so in den Topf, dass sie nicht das Wasser berührt. Gebe die Schokostückchen in die Schüssel. Erhitze vorsichtig das Wasser im Topf, es soll nicht kochen. Durch den Wasserdampf schmilzt die Schokolade, dabei muss sie umgerührt werden. Wichtig ist, dass kein Wasser in die Schokolade gelangt, sonst wird sie klumpig, siehe auch Seite 10. Stelle die geschmolzene Schokolade auf die Seite.

**3.** Vermische mit den Rührbesen des Handrührgerätes Zucker, Milch, Öl und Quark. Füge Mehl und Backpulver hinzu und verknete alles zu einem glatten Teig. Teile ihn in zwei Portionen auf. Rolle die Teigportionen nacheinander mit dem Nudelholz zu zwei ca. 23 cm großen Kreisen auf einer leicht bemehlten Arbeitsfläche aus.

**4.** Viertel die Kreise und halbiere diese dann noch einmal, so dass du 16 Teilchen herausbekommst.

**5.** Verrühre Frischkäse und geschmolzene Schokolade und gib von dieser Masse jeweils einen Klecks auf das

breite Ende des Teigstücks. Rolle die Hörnchen von der breiten Seite auf und lege sie auf das Backblech. Forme sie leicht zu Hörnchen. Verquirle mit einer Gabel das Eigelb mit etwas Milch und bestreiche die Hörnchen damit.

**6.** Lasse sie ca. 17–20 Minuten auf der mittleren Schiene backen, bis sie goldbraun sind. Danach kurz auf einem Kuchengitter auskühlen lassen und lauwarm servieren.

# Whoopie Pies im Melonenlook

## Die süßesten Melonen der Welt

Foto auf Seite 89

**DU BRAUCHST FÜR CA. 10 STÜCK**

**FÜR DEN TEIG**

1 Ei, Größe M
150 g Zucker
120 g Naturjoghurt
30 ml Milch
75 g weiche Butter
280 g Mehl, Type 405
1 TL Backpulver
grüne und rote Lebensmittelfarbpaste

**FÜR DIE CREME**

280 g Puderzucker
170 g weiche Butter
200 g Marshmallowfluff Vanille

**FÜR DIE DEKO**

Vollmilchkuvertüre

**KÜCHENUTENSILIEN**

2 Backbleche, Backpapier, Waage, Löffel, Rührschüssel, feines Sieb, Schüsseln, Handrührgerät mit Rührbesen, Messer, Schneidebrett, Kuchengitter, kleiner Topf, Metallschüssel, evtl. Spritzbeutel mit großer Sterntülle, Holzspieß

**1.** Verrühre mit den Rührbesen des Handrührgerätes Ei und Zucker in einer Schüssel, bis die Masse hell und cremig ist. Rühre dann Joghurt und Milch ein sowie die weiche Butter.

**2.** Vermische Mehl mit Backpulver und verrühre es kurz mit dem Teig.

**3.** Teile den Teig in zwei gleich große Hälften. Färbe einen Teil mit der grünen, den anderen mit der roten Lebensmittelfarbe ein. Stelle beide Portionen für ca. 30 Minuten in den Kühlschrank.

**4.** Heize den Backofen auf 170 °C Umluft (oder 190 °C Ober-/Unterhitze) vor und lege zwei Backbleche mit Backpapier aus.

**5.** Verteile mit zwei Esslöffeln pro Farbe 10 kleine Teigportionen mit genug Abstand zueinander auf den Backblechen. Die Portionen sollten ca. 4 cm Durchmesser haben.

**6.** Backe die Whoopie Pies für 12–14 Minuten im Ofen und mache eine Stäbchenprobe.

**7.** Nimm sie dann aus dem Ofen und lasse sie vollständig auf einem Kuchengitter abkühlen.

**8.** Siebe für die Creme den Puderzucker und rühre ihn mit den Rührbesen des Handrührgerätes zusammen mit der Butter cremig. Gib nach und nach den Marshmallowfluff dazu. Schlage die Masse 3–5 Minuten lang und stelle sie dann für eine halbe Stunde im Kühlschrank kalt.

**9.** Verteile die Creme mit einem Löffel oder mit dem Spritzbeutel auf die grünen Whoopie Pies. Gebe dann jeweils eine roten Whoopie Pie darauf und drücke beide Hälften leicht zusammen.

**10.** Schmelze die Kuvertüre nach Packungsanleitung und gib mit einem Holzspieß oder einer Gabel Schokopunkte als Melonenkerne auf die rote Seite der Whoopie Pies.

Bei Ober- und Unterhitze backen wir die Bleche nacheinander. Nutzen wir Umluft, backen wir beide Bleche gleichzeitig.

# Regenbogenwaffeln

## Somewhere over the Rainbow

**DU BRAUCHST FÜR 8–10 HERZWAFFELN**

125 g weiche Butter
100 g Zucker
2 Päckchen Vanillezucker
3 Eier, Größe M
250 g Mehl, Type 405
1 gestrichener TL Backpulver
250 ml Milch
Lebensmittelfarbpasten in Regenbogenfarben: violett, blau, grün, gelb, orange, rot
Sonnenblumenöl zum Einfetten

**KÜCHENUTENSILIEN**

Waffeleisen für Herzwaffeln, Waage, Löffel, Rührschüssel, mehrere Schüsseln, Handrührgerät mit Rührbesen, Messbecher, Kuchengitter

**1.** Rühre mit den Rührbesen des Handrührgerätes Butter, Zucker und Vanillezucker schaumig. Rühre nach und nach die Eier unter.

**2.** Vermische Mehl und Backpulver miteinander und rühre die Mischung im Wechsel mit der Milch unter die Buttermasse.

**3.** Teile den Teig in sechs Portionen auf und färbe jede Portion in einer anderen Farbe ein.

**4.** Heize das Waffeleisen nach Geräteanleitung vor, fette es mit etwas Sonnenblumenöl ein und gib die Teige mit einem Esslöffel nebeneinander auf die Waffelform. Backe so nacheinander die Waffeln.

Richtig schön wird die Waffelparty, wenn du ganz viele Toppings verwendest: Nussnougatcreme, Marmelade, Puderzucker, Schlagsahne, Zuckerdeko ... Dann kann jeder nach Herzenslust seine Waffel in ein kleines Kunstwerk verwandeln.

Manche Lebensmittelfarbe verliert ihre Leuchtkraft, wenn die Temperatur zu hoch ist. Dann stell du das Waffeleisen auf eine niedrigere Temperatur.

# Belgische Waffeln mit Vanilleeis

## Knusprig & köstlich

**DU BRAUCHST FÜR 6 BELGISCHE WAFFELN**

**FÜR DEN TEIG**
150 g weiche Butter
30 g Zucker
1 Päckchen Vanillezucker
3 Eier, Größe M
250 g Mehl, Type 405
1 gestrichener TL Backpulver
1 Prise Salz
200 ml Buttermilch

**FÜR DAS TOPPING**
gehackte Mandeln oder Nüsse nach Wahl
3–4 reife kleine Bananen
Butter
1 kleine Packung Vanilleeis
Schokosoße

**KÜCHENUTENSILIEN**
Waffeleisen für belgische Waffeln, Waage, Löffel, Rührschüssel, Handrührgerät mit Rührbesen, Messbecher, kleine Suppenkelle, Messer, Schneidebrett, Pfanne

**1.** Rühre die weiche Butter mit Zucker und Vanillezucker mit dem Handrührgerät mit Rührbesen, bis die Masse hellcremig ist. Nacheinander die Eier unterrühren.

**2.** Vermische Mehl, Backpulver und Salz miteinander und rühre es abwechselnd mit der Buttermilch unter die Zucker-Butter-Mischung.

**3.** Heize das Waffeleisen auf und fette es nach Geräteanleitung ein. Gebe den Teig mit einer kleinen Suppenkelle auf die Waffelmulden und backe die Waffeln ca. 6 Minuten, bis sie goldbraun sind. Die Waffeln werden kurz nach dem Herausnehmen knusprig. Am besten schmecken sie warm.

**4.** Röste in einer kleinen Pfanne ohne Fett die gehackten Mandeln und Nüsse kurz an, dabei ständig kontrollieren und rühren, damit sie nicht zu dunkel und damit bitter werden.

**5.** Halbiere die geschälten Bananen der Länge nach und dünste sie in einer Pfanne mit etwas Butter.

**6.** Serviere die Waffeln mit Mandeln oder Nüssen, Banane und Vanilleeis, beträufel sie mit Schokosoße.

Zu den Waffeln schmecken auch Apfelkompott, Kirschgrütze, Schlagsahne, Puderzucker und Ahornsirup. Du kannst auch die Zutaten zum Belegen in die Mitte des Tisches stellen und alle Gäste bedienen sich selbst.

# Kräuter-Parmesan-Waffeln

**Superlecker und schön knusprig**

**DU BRAUCHST FÜR 8–10 HERZWAFFELN**

125 g weiche Butter
4 Eier, Größe M
250 g Mehl, Type 405
2 TL Backpulver
150 ml Milch
150 g Kräuterfrischkäse
50 g geriebener Parmesan
2 Möhren, fein geraspelt
4 EL frische Kräuter, zum Beispiel Petersilie und Schnittlauch, gehackt
Salz, Pfeffer, Paprika, Muskatnuss
Sonnenblumenöl zum Einfetten

**KÜCHENUTENSILIEN**

Waffeleisen für Herzwaffeln, Waage, Löffel, Rührschüssel, Küchenreibe, Handrührgerät mit Rührbesen, Messer, Schneidebrett, Kuchengitter

**1.** Rühre mit den Rührbesen des Handrührgerätes die Butter cremig. Gib die Eier nacheinander hinzu und rühre sie unter.

**2.** Vermische Mehl und Backpulver miteinander und rühre es abwechselnd mit der Milch in die Butter-Ei-Mischung. Lasse den Teig ca. 20 Minuten lang ruhen.

**3.** Rühre Frischkäse und Parmesan kurz unter den Teig.

**4.** Hebe die Möhrenraspel, gehackten Kräuter und Gewürze ebenfalls unter den Teig.

**5.** Heize das Waffeleisen auf und fette es dünn mit Sonnenblumenöl ein. Backe den Teig portionsweise für ca. 3–5 Minuten, bis die Kräuterwaffeln golden sind.

Dazu schmeckt ein Kräuterdip: Frischkäse mit gehackten Kräutern und einer fein gewürfelten kleinen Zwiebel verrühren. Wer mag, presst noch eine Knoblauchzehe dazu.

# Herzhafte Sesamkringel

## Perfekt für den Filmabend

**DU BRAUCHST FÜR CA. 14–16 KRINGEL**

- 100 g kalte Butter, in 1 cm große Würfel geschnitten
- 100 g Magerquark
- 100 g Mehl, Type 405
- Salz, Pfeffer
- nach Belieben: gemahlener Kreuzkümmel
- 100 g Sesam
- 1 Eigelb, Größe M

**KÜCHENUTENSILIEN**

runde Ausstechformen oder Gläser, 5 und 2 cm Durchmesser, 2 Backbleche, Backpapier, Nudelholz, Waage, Löffel, Rührschüssel, Schüssel, Backpinsel, Handrührgerät mit Rührbesen, Kuchengitter

Diese Kringel kannst du geschmacklich mit anderen Gewürzen verändern, sehr lecker sind auch getrockneter Rosmarin oder Thymian.

**1.** Verknete in einer Rührschüssel mit deinen Händen die Butterwürfel mit Quark, Mehl, ½ Teelöffel Salz, Pfeffer und nach Geschmack Kreuzkümmel. Stelle den Teig für 30 Minuten in den Kühlschrank.

**2.** Heize den Backofen auf 200 °C Umluft (oder 220 °C Ober-/Unterhitze) vor und lege zwei Backbleche mit Backpapier aus. Gebe die Sesamkörner in einen tiefen Teller.

**3.** Rolle den Teig mit dem Nudelholz auf einer dünn bemehlten Teigfläche ca. 1 cm dick aus. Steche mit der großen Ausstechform Kreise aus und aus diesen mit dem kleinen Ausstecher in der Mitte jeweils ein Loch. Die Teigreste wieder zusammenkneten, ausrollen und weitere Kreise ausstechen, bis der Teig verbraucht ist.

**4.** Verquirle das Eigelb mit 1 Esslöffel lauwarmem Wasser. Bepinsel die Kringel damit, dann wendest du sie in den Sesamkörnern.

**5.** Stelle den Backofen auf 180 °C Umluft (oder 200 °C Ober-/Unterhitze). Verteile die Kringel auf die Backbleche und backe sie nacheinander auf der mittleren Schiene ca. 12 Minuten im Ofen, bis sie eine goldbraune Farbe angenommen haben.

# Himbeer-Cookies mit weißer Schokolade

**Perfekte Sommer-Picknick-Kekse**

**DU BRAUCHST FÜR 12 COOKIES**

**125 g weiche Butter**
**75 g Zucker**
**1 Ei, Größe M**
**150 g Mehl, Type 405**
**½ Päckchen Backpulver**
**1–2 EL Vollmilch**
**100 g weiße Schokolade, gehackt**
**100 g Himbeeren, frisch oder tiefgekühlt**

**KÜCHENUTENSILIEN**

2 Backbleche, Backpapier, Waage, Löffel, Rührschüssel, Schüssel, Messer, Handrührgerät mit Rührbesen, Messbecher, Kuchengitter, kleiner Topf, Metallschüssel, Schneidebrett

**1.** Heize den Backofen auf 180 °C Umluft vor und lege zwei Backbleche mit Backpapier aus.

**2.** Rühre in einer großen Rührschüssel Butter und Zucker mit den Rührbesen des Handrührgerätes schaumig. Rühre das Ei unter.

**3.** Vermische Mehl und Backpulver und rühre diese Mischung zusammen mit der Milch kurz in den Teig.

**4.** Die Hälfte der Schokolade und die Hälfte der Himbeeren rührst du mit einem Löffel in den Teig.

**5.** Teile den Teig in zwölf Portionen, mache flache Fladen daraus und setze sie mit viel Abstand zueinander auf die Bleche. Drücke die restlichen Beeren hinein.

**6.** Verteile die Bleche gleichmäßig im Ofen und backe die Cookies ca. 15 Minuten, bis sie goldbraun sind. Lasse sie kurz auf dem Blech abkühlen, lege sie dann auf ein Kuchengitter.

**7.** Für ein Wasserbad füllst du einen Topf einige Zentimeter hoch mit Wasser. Hänge eine passende, hitzebeständige Schüssel so in den Topf, dass sie nicht das Wasser berührt. Gebe die Schokostückchen in die Schüssel. Erhitze vorsichtig das Wasser im Topf, es soll nicht kochen. Durch den Wasserdampf schmilzt

die Schokolade, dabei muss sie umgerührt werden, siehe auch Seite 10. Verteile die geschmolzene Schokolade auf den Cookies (siehe Tipp Seite 17).

# Swirl Cookies

**Hast du den Dreh raus?
Diese Kekse sind ein echter Augenschmaus.**

**DU BRAUCHST FÜR CA. 22 COOKIES**

**125 g Butter**
**125 Zucker**
**1 Päckchen Vanillezucker**
**1 Ei, Größe M**
**250 g Mehl, Type 405**
**Lebensmittelfarbpaste oder 2 EL Backkakao**
**Zuckerstreusel**

**KÜCHENUTENSILIEN**

Frischhaltefolie, 2 Backbleche, Backpapier, Nudelholz, Waage, Löffel, Rührschüssel, Teller für die Streusel, Handrührgerät mit Rührbesen, Messbecher, Kuchengitter, Messer

Du kannst auch beide Teigteile einfärben, dann werden die Cookies besonders farbenfroh. Je dicker die beiden Teiglagen sind, desto deutlicher sieht man nachher die Farbunterschiede.

**1.** Rühre Butter, Zucker und Vanillezucker mit den Rührbesen des Handrührgerätes schaumig. Füge das Ei hinzu und rühre es gründlich unter.

**2.** Rühre das Mehl kurz ein und knete den Teig mit den Händen, bis er schön geschmeidig ist. Teile ihn in 2 gleich große Portionen. Eine Hälfte färbst du mit Lebensmittelfarbe oder Kakao ein.

**3.** Wickel die beiden Teighälften in Frischhaltefolie und stelle sie für 1 Stunde in den Kühlschrank.

**4.** Heize den Backofen auf 180 °C Umluft vor und lege zwei Backbleche mit Backpapier aus.

**5.** Rolle beide Teighälften nacheinander mit dem Nudelholz ca. 3–5 mm dick und etwa gleich groß rechteckig aus und lege sie übereinander.

**6.** Gib die Streusel auf einen flachen Teller.

**7.** Rolle den Teig von der langen Seite her fest auf und drücke die Rolle rundum in die Zuckerstreusel.

**8.** Schneide die Rolle in ca. 3 mm breite Scheiben. Lege sie auf die Backbleche und backe sie ca. 12–15 Minuten. Lasse die Swirl-Cookies auf einem Kuchengitter auskühlen.

# Oohhh – Die besten Kekse in Schwarz-Weiß

**Zwei schwarze Kekse und dazwischen eine weiße Creme. Ein wenig wie Yin und Yang: Es ergänzt sich perfekt!**

**DU BRAUCHST FÜR CA. 20 KEKSE**

**FÜR DEN TEIG**

**125 g weiche Butter**
**100 g Puderzucker**
**2 gehäufte TL Vanillezucker**
**60 g Backkakao**
**115 g Mehl, Type 405**
**1 Prise Salz**

**FÜR DIE CREME**

**75 g weiche Butter**
**100 g Puderzucker**
**1 gestrichenen TL Vanillezucker**

**KÜCHENUTENSILIEN**

Frischhaltefolie, 2 Backbleche, Backpapier, Messer, Waage, Löffel, Rührschüssel, Handrührgerät mit Rührbesen, Messbecher, Kuchengitter, Spritzbeutel mit kleiner Lochtülle

**1.** Schlage die Butter mit den Rührbesen des Handrührgerätes in einer Rührschüssel cremig. Füge Puderzucker und Vanillezucker dazu und rühre beides kurz ein. Füge Kakao, Mehl und Salz hinzu und verknete alles zu einem Teig. Forme ihn zu einer Rolle, wickel die Rolle in Frischhaltefolie ein und lege sie für 30 Minuten in den Kühlschrank.

**2.** Heize den Ofen auf 150 °C Umluft vor. Lege zwei Backbleche mit Backpapier aus.

**3.** Schneide ca. 3 mm dünne Scheiben von der Rolle und lege sie mit etwas Abstand zueinander auf die Bleche. Backe die Kekse ca. 10 Minuten.

**4.** Lasse die Kekse auf einem Kuchengitter vollständig auskühlen, erst dann werden sie fest.

**5.** Schlage für die Creme Butter, Puderzucker und Vanillezucker mit den Rührbesen des Handrührgerätes schaumig, bis eine glatte, helle Masse entsteht. Fülle sie in einen Spritzbeutel mit Lochtülle. Hast du keinen Spritzbeutel, kannst du auch zwei Teelöffel nehmen.

Wer es besonders schokoladig mag, kann in die Füllung auch einen Löffel Nussnougatcreme einrühren. Es kann sein, dass man dann etwas mehr Puderzucker dazugeben muss, damit die Creme fest genug bleibt. Durch Zugabe von Lebkuchengewürz oder Kardamom im Teig bekommen die Kekse einen Geschmack von Weihnachten.

**6.** Auf die Hälfte der Kekse gibst du mittig einen Klecks der Creme. Setze einen Keks obendrauf und drücke die beiden Kekse leicht zusammen. Stelle sie für 2–3 Stunden kalt, damit die Füllung fest wird.

HOME
MADE
COOKIES

# Crinkle-Cookies

## Wow! Wo kommt denn dieses Muster her?

**DU BRAUCHST**
**FÜR CA. 20 STÜCK**

**110 g Zartbitterkuvertüre**
**100 g brauner Zucker**
**30 ml Sonnenblumenöl**
**1 Ei, Größe M**
**60 g Mehl, Type 405**
**½ TL Backpulver**
**40 g gemahlene Mandeln**
**50 g Puderzucker**

**KÜCHENUTENSILIEN**
Frischhaltefolie, 1 Backblech, Backpapier, Waage, Löffel, Rührschüssel, Handrührgerät mit Rührbesen, Messer, Schneidebrett, kleiner Topf, Metallschüssel, Kuchengitter

Du kannst den Puderzucker auch direkt über die Kugeln auf dem Blech sieben.

**1.** Hacke die Zartbitterkuvertüre in kleine Stückchen. Schmelze sie nach Packungsanleitung.

**2.** Lasse die geschmolzene Kuvertüre etwas abkühlen, dann vermische sie mit Zucker und Öl. Füge das Ei hinzu und rühre die Masse mit den Rührbesen des Handrührgerätes cremig.

**3.** Vermische Mehl mit Backpulver und Mandeln und verrühre es mit der Schokoladenmasse. Decke den Teig mit Frischhaltefolie ab und stelle ihn für 3 Stunden in den Kühlschrank.

**4.** Heize den Backofen auf 180 °C Ober- und Unterhitze (oder 160 °C Umluft) vor und lege ein Backblech mit Backpapier aus.

**5.** Rolle ca. 2,5 cm große Kugeln aus dem Teig. Siebe den Puderzucker in eine Schüssel und rolle nach und nach die Kugeln im Puderzucker.

**6.** Lege die Kugeln mit viel Abstand zueinander auf das Backblech und backe sie für ca. 12–15 Minuten auf der mittleren Schiene im Ofen. Lasse sie auf einem Kuchengitter vollständig auskühlen.

# Kekse im Leopardenlook

**Nicht nur für Katzenfans**

Foto auf Seite 88

**DU BRAUCHST**
**FÜR 2 BACKBLECHE**

- 250 g Mehl, Type 405
- 125 g weiche Butter
- 125 g brauner Zucker
- 1 Ei, Größe M
- ½ TL Backpulver
- 2–3 gestrichene TL Backkakao

**KÜCHENUTENSILIEN**

Waage, Löffel, 2 Backbleche, Backpapier, Frischhaltefolie, Nudelholz, Rührschüssel, Messer, Kuchengitter, runder Ausstecher

**1.** Verknete Mehl, Butter, Zucker, Ei und Backpulver in einer Rührschüssel mit den Händen zu einem Teig.

**2.** Teile den Teig in drei gleich große Teile: 2 Teile fügst du wieder zusammen und rollst daraus eine Kugel. Wickel sie in Frischhaltefolie.

**3.** Zum 3. Teil gibst Du einen gestrichenen TL Backkakao und knetest ihn so lange, bis der Teig gleichmäßig braun ist. Teile diesen Teig in zwei Hälften. Eine Hälfte wickelst du in Frischhaltefolie. In die 2. Hälfte gibst du so viel Kakao, dass der Teig deutlich dunkler als der hellbraune Teig wird. Knete ihn gut durch und wickel ihn ebenfalls in Folie.

**4.** Gebe die drei eingewickelten Teige für ca. 30 Minuten in den Kühlschrank.

**5.** Nimm die beiden braunen Teige aus dem Kühlschrank und rolle den dunkleren Teig zu einem Rechteck aus. Den hellbraunen Teig formst du zu einer langen Rolle.

**6.** Lege die Rolle auf den dunklen Teig und rolle den dunklen Teig um die hellere Rolle herum.

Beim Zusammenlegen der Teigreste geht das Leopardenmuster verloren. Aus dem Teig kannst du aber schöne, marmorierte Kreise ausstechen.

**7.** Wickel diese Rolle wieder in Folie und lege sie für ca. 10–15 Minuten in den Kühlschrank.

**8.** Heize den Backofen auf 160 °C Umluft vor und lege zwei Backbleche mit Backpapier aus.

**9.** Nimm die helle Teigkugel und die Teigrolle aus dem Kühlschrank. Rolle den hellen Teig ca. 1 cm dick auf einer leicht bemehlten Arbeitsfläche aus. Schneide die Teigrolle in dünne Scheiben und verteile sie mit Abstand zueinander überall auf dem hellen Teig.

**10.** Lege Frischhaltefolie auf den Teig und rolle mit dem Nudelholz darüber, bis der Teig ca. ½ cm dick ist und sich das Muster schön mit dem hellen Teig verbunden hat.

**11.** Steche mit einem Keksausstecher oder einem Glas Kreise aus dem Teig und lege diese auf die vorbereiteten Backbleche. Verteile die Bleche gleichmäßig im Ofen und backe die Kekse für ca. 12–14 Minuten, bis sie leicht braun werden. Lasse sie auf einem Kuchengitter vollständig auskühlen.

# Zimtschnecken-Cookies

## Die perfekte Kombination aus zwei süßen Klassikern

**DU BRAUCHST FÜR CA. 40 KEKSE**

60 g weiche Butter
50 g Doppelrahmfrischkäse
80 g + 40 g brauner Zucker
1 Eigelb, Größe M
180 g Mehl, Type 405
2 gestrichener TL Zimt
1 gestrichener TL Backkakao
nach Belieben: 1 Päckchen Bourbon-Vanillezucker
3 EL Butter, geschmolzen

**KÜCHENUTENSILIEN**

Frischhaltefolie, Nudelholz, Pinsel, 2 Backbleche, Backpapier, Waage, Löffel, Rührschüssel, Handrührgerät mit Rührbesen, Messer, Kuchengitter

Superlecker schmecken die Kekse auch, wenn du etwas gemahlenen Kardamom dazugibst. Dadurch bekommen sie einen leicht orientalischen Touch.

**1.** Verrühre mit den Rührbesen des Handrührgerätes Butter und Frischkäse miteinander. Füge 80 g Zucker und das Eigelb hinzu und rühre diese unter.

**2.** Gib das Mehl hinzu und verknete mit den Händen alles zu einem glatten Teig.

**3.** Rolle den Teig auf einer dünn bemehlten Arbeitsfläche zu einem Rechteck aus. Vermische in einer kleinen Schüssel 40 g Zucker, Zimt und Kakao miteinander, wer mag, rührt noch Vanillezucker dazu.

**4.** Bestreiche den Teig mit der geschmolzenen Butter und bestreue ihn mit der Zimt-Zucker-Mischung.

**5.** Rolle den Teig von der langen Seite her auf, wickel die Rolle in Frischhaltefolie und stelle sie für zwei Stunden in den Kühlschrank. Heize den Backofen auf 180 °C Umluft vor und lege zwei Backbleche mit Backpapier aus.

**6.** Nimm die Teigrolle aus dem Kühlschrank und wickel sie aus. Schneide ca. ½ cm dicke Scheiben ab und lege sie mit etwas Abstand zueinander auf die Backbleche.

**7.** Verteile die Bleche gleichmäßig im Ofen und backe die Kekse für ca. 10 Minuten. Lasse sie dann auf einem Kuchengitter vollständig auskühlen.

Luca
Emily
Mum
Elias

# Köstliches Shortbread

## Nur 3 Zutaten!

**DU BRAUCHST**
**FÜR CA. 18 STÜCK**

175 g Mehl, Type 405
50 g Zucker
115 g kalte Butter, gewürfelt
Zucker zum Bestreuen

**KÜCHENUTENSILIEN**
Frischhaltefolie, Backblech, Backpapier, Gabel, Messer, Waage, Löffel, Rührschüssel, Kuchengitter

**1.** Vermische Mehl und Zucker in einer Rührschüssel miteinander. Füge die Butterwürfel hinzu und verknete alles rasch zu einem Teig.

**2.** Wickel den Teig in Folie und stelle ihn für 1 Stunde in den Kühlschrank.

**3.** Heize den Backofen auf 180 °C Umluft (oder 200 °C Ober-/Unterhitze) vor und lege ein Blech mit Backpapier aus.

**4.** Rolle den Teig zu einem ca. 1,5 cm dicken Quadrat aus und begradigte die Ränder mit einem Messer.

**5.** Setze das Teigquadrat auf das Backblech und steche mit einer Gabel reihenweise Löcher in den Teig, so wie du nachher die Shortbreads haben möchtest.

**6.** Bestreue den Teig leicht mit Zucker und backe ihn für 40 Minuten auf der mittleren Schiene. Nimm das Blech aus dem Ofen und setze das Shortbread auf ein Kuchengitter. Schneide es noch warm mit einem Messer in Stücke.

Nimm im Sommer 1 TL getrocknete Lavendelblüten. Hacke diese fein und gib sie unter den Teig. Der Lavendel gibt den Keksen ein ganz besonderes Aroma.

ZUCKER

# Triple Chocolate Tarte

## Cremige Sünde – unwiderstehlich

**DU BRAUCHST FÜR EINE 22-CM-SPRINGFORM**

150 g Butter
3 Eier, Größe M
250 g brauner Zucker
200 g Mehl, Type 405
70 g Backkakao
1 EL Vanillezucker
1 Prise Salz
50 g Chocolate-Chunks

**FÜR DIE DEKO**

100 g Zartbitterkuvertüre
nach Belieben 50 g weiße Schokolade

**KÜCHENUTENSILIEN**

Springform 22 cm Durchmesser, Backpapier, kleiner Topf, Metallschüssel, Waage, Löffel, Rührschüssel, Messer, Schneidebrett, Handrührgerät mit Rührbesen, Kuchengitter

Magst du es nicht ganz so schokoladig, kannst du statt der Kuvertüre auch nur Puderzucker über den Kuchen geben.

**1.** Lege den Boden der Springform mit Backpapier aus und heize den Backofen auf 200 °C Ober- und Unterhitze (oder 180 °C Umluft) vor.

**2.** Zerlasse in einem Topf die Butter und lasse sie kurz abkühlen.

**3.** Verrühre mit den Rührbesen des Handrührgerätes die Eier mit dem Zucker und rühre die Butter mit ein.

**4.** Vermische Mehl, Kakaopulver, Vanillezucker und Salz miteinander und rühre diese Mischung in die Eimasse ein. Rühre kurz die Chocolate-Chunks unter.

**5.** Gib den Teig in die Form und backe den Kuchen 12–15 Minuten auf der unteren Schiene.

**6.** Lasse den Kuchen kurz abkühlen, löse ihn aus der Form und lasse ihn auf einem Kuchengitter vollständig abkühlen.

**7.** Schneide die Kuvertüre in kleine Stücke und schmelze sie nach Packungsanleitung. Gib die Kuvertüre auf den Kuchen und lasse sie fest werden.

**8.** Wenn du magst, kannst du dann noch weiße Schokolade schmelzen und mit einem Löffel locker auf der dunklen Kuvertüre verteilen. Dazu nimmst du etwas geschmolzene Schokolade auf den Löffel und bewegst diesen mit Schwung hin und her. Mit Eis und Sahne schmeckt die Tarte umwerfend.

MEG'A
L'ECKER
@
SCHOKO
MEG'A

# Donut-Kuchen

## Eine runde Sache!

**DU BRAUCHST FÜR EINE 28-CM-KRANZFORM**

**FÜR DEN TEIG**
**6 Eier, Größe M**
**300 g weiche Butter**
**350 g Zucker**
**370 g Mehl, Type 405**
**1 TL Backpulver**
**20 g Backkakao**

**FÜR DIE DEKO**
**2–3 Packungen rosafarbene Glasur, z. B. von Pickert**
**Zuckerdeko**

**KÜCHENUTENSILIEN**

Kranzform, 28 cm Durchmesser, Waage, Löffel, Rührschüssel, Schüsseln, Handrührgerät mit Rührbesen, Kuchengitter, Holzspieß, kleiner Topf, Metallschüssel

**1.** Heize den Backofen auf 200 °C Ober- und Unterhitze (oder 180 °C Umluft) vor. Fette die Backform mit Butter ein.

**2.** Trenne die Eier in Eiweiß und Eigelb. Achte darauf, dass kein Eigelb ins Eiweiß gerät, sonst wird der Eischnee nicht steif. Schlage die Eiweiße mit den Rührbesen des Handrührgerätes zu steifem Eischnee.

**3.** Verrühre in einer weiteren Schüssel Butter und Zucker mit dem Handrührgerät zu einer cremigen Masse und rühre dann nach und nach die Eigelbe unter.

**4.** Vermische Mehl, Backpulver und Backkakao und füge es nach und nach in die Zucker-Butter-Ei-Mischung.

**5.** Am Ende hebst du vorsichtig mit einem Löffel den Eischnee unter den Teig.

**6.** Verteile den Teig in der Form und backe den Kuchen 45 Minuten auf der mittleren Schiene im Ofen. Mache die Stäbchenprobe.

**7.** Lasse den Kuchen kurz in der Form abkühlen bevor du ihn dann auf einem Kuchengitter vollständig erkalten lässt.

**8.** Erwärme die Glasur nach Packungsanleitung und gib sie über den Kuchen, so dass sie an manchen Stellen seitlich herunterläuft. Dekoriere den Kuchen mit Zuckerperlen.

# Regenbogenkuchen

**Mmmmmmm**

**DU BRAUCHST FÜR EINEN 26-CM-SPRINGFORM**

**250 g Zucker**
**6 Eier, Größe M**
**420 g Mehl, Type 405**
**1 Päckchen Backpulver**
**1 Päckchen Vanillezucker**
**150 ml Milch**
**250 ml Sonnenblumenöl**
**6 Lebensmittelfarbpasten in den Farben des Regenbogens: violett, blau, grün, gelb, orange, rot**

**KÜCHENUTENSILIEN**

26-cm-Springform, Waage, 2 Rührschüsseln, 6 kleine Schüsseln, Löffel, Handrührgerät mit Rührbesen, Messbecher, Holzspieß, Kuchengitter

**1.** Heize den Backofen auf 170 °C Umluft (oder 190 °C Ober-/Unterhitze) vor und fette die Form mit Butter ein.

Verzieren kannst du den Kuchen mit Puderzucker oder einem Puderzuckerguss. Auch Kuvertüre eignet sich wunderbar.

**2.** Schlage Zucker und Eier mit den Rührbesen des Handrührgerätes kurz schaumig auf. Vermische Mehl und Backpulver miteinander. Füge Vanillezucker, Milch, Öl und die Mehlmischung hinzu und verrühre alles miteinander, bis eine gleichmäßige Masse entstanden ist.

**3.** Verteile den Teig gleichmäßig auf sechs Schüsseln. Färbe jeden Teig mit einer der Lebensmittelfarben ein.

**4.** Gebe 1 Esslöffel vom violetten Teig in die Mitte der Springform. In die Mitte dieses Kleckses gibst du einen Klecks von der nächsten Farbe. Halte dabei die Reihenfolge des Regenbogens ein und mache so weiter, bis du den Teig komplett verteilt hast.

**5.** Backe den Kuchen für ca. 50–55 Minuten auf der mittleren Schiene. Kontrolliere mit der Stäbchenprobe, ob der Kuchen fertig ist und lasse ihn auf einem Kuchengitter vollständig auskühlen.

# No-Bake-Eistorte

**Für heiße Sommertage ist diese Eistorte perfekt!**

Foto auf Seite 4

**DU BRAUCHST FÜR EINE 16–18-CM-SPRINGFORM**

**FÜR DEN TEIG**

50 g Butter
250 g Erdbeeren + ein paar für die Deko
½ Zitrone
150 g + 1 EL Zucker
100 g Zartbitterschokolade
150 g Kekse, z. B. Hobbits, Belvita Frühstückskeks ...
150 g Mascarpone
100 g griechischer Joghurt
300 g Frischkäse
400 g Sahne

**FÜR DEN GUSS**

100 g Zartbitterschokolade
½ Würfel Palmin

**KÜCHENUTENSILIEN**

Springform 16 oder 18 cm Durchmesser, Backpapier, Waage, Löffel, Rührschüssel, Handrührgerät mit Rührbesen, Messbecher, Kuchengitter, kleiner Topf, Metallschüssel, Messer, Schneidebrett, Pürierstab

**1.** Kleide eine kleine Springform, ca. 16–18 cm Durchmesser, mit Backpapier aus.

**2.** Schmelze die Butter in einem kleinen Topf oder in der Mikrowelle und lasse sie anschließend abkühlen. Wasche und putze die Erdbeeren, lege dir einige besonders schöne Früchte zur Dekoration zur Seite. Presse den Saft ½ Zitrone aus.

**3.** Püriere Erdbeeren, Zitronensaft und 150 g Zucker mit einem Pürierstab.

**4.** Schneide die Schokolade in kleine Stückchen. Für ein Wasserbad füllst du einen Topf einige Zentimeter hoch mit Wasser. Hänge nun eine passende, hitzebeständige Schüssel so in den Topf, dass sie nicht das Wasser berührt. Gebe die Schokostückchen in die Schüssel. Erhitze vorsichtig das Wasser im Topf, es soll nicht kochen. Durch den Wasserdampf schmilzt die Schokolade, dabei muss sie umgerührt werden. Wichtig ist, dass kein Tropfen Wasser in die Schokolade gelangt, sonst wird sie klumpig.

**5.** Zermahle die Kekse zu feinen Krümeln (dafür gebe die Kekse in einen großen Gefrierbeutel und rolle mit einem Nudelholz darüber). Vermische die Krümel mit der Butter und 1 EL Zucker. Verteile die Keksmasse auf dem Boden der Springform und drücke sie fest an. Stelle die Form für 15 Minuten ins Eisfach. Dann verteilst du die geschmolzene Schokolade darauf.

**6.** Verrühre mit den Rührbesen des Handrührgerätes Mascarpone, Joghurt, Frischkäse und Sahne in einer großen Schüssel miteinander, bis die Masse schön cremig ist. Füge das Erdbeerpüree hinzu und schlage die Creme kurz auf.

**7.** Verteile die Creme in der Springform und lasse die Torte über Nacht im Eisfach fest werden.

**8.** Etwa 60 Minuten (im Sommer reichen auch 30) vor dem Servieren kannst du sie aus der Kühlung nehmen und antauen lassen.

**9.** Für den Guss schmelze Schokolade und Palmin zusammen über einem Wasserbad.

**10.** Nimm die Torte aus der Form und gieße sofort den Guss darüber. Die Kuvertüre wird schnell fest, deshalb gleich die Erdbeeren aufsetzen.

Du kannst natürlich auch andere Beeren auf der Torte verteilen. Besonders schön sieht eine Mischung aus verschiedenen Beeren aus. Wer mag, kann sogar essbare Blüten darauf verteilen. Dann ist dein Törtchen ein echter Blickfang.

# Best-Friends-Minikuchen

**Genau richtig, um mit lieben Menschen mittags Kuchen zu essen**

**DU BRAUCHST FÜR EINE 16–18-CM-SPRINGFORM**

2 Bio-Orangen
175 g weiche Butter
170 g Zucker
3 Eier, Größe M
175 g Mehl, Type 405
1 gestrichener TL Backpulver
50 g gemahlene Mandeln
50 g gehackte Mandeln

**FÜR DEN GUSS**

3 EL Orangensaft
ca. 150 g Puderzucker

**KÜCHENUTENSILIEN**

16–18-cm-Springform, Sparschäler, Zitronenpresse, Waage, Löffel, Messer, Rührschüssel, Schüssel, Handrührgerät mit Rührbesen, Holzspieß, Kuchengitter

**1.** Fette die Kuchenform gut ein und heize den Ofen auf 200 °C Ober-/Unterhitze (oder 180 °C Umluft) vor.

**2.** Wasche die Orangen mit heißem Wasser, trockne sie ab und reibe die Schale ab, achte dabei darauf, nicht das Weiße mitabzureiben, es schmeckt bitter. Presse die Orangen anschließend aus.

**3.** Verrühre mit den Rührbesen des Handrührgerätes Butter und Zucker in einer Schüssel cremig miteinander und füge dann nach und nach die Eier hinzu.

**4.** Vermische Mehl, Backpulver, gemahlene Mandeln und den Schalenabrieb miteinander und rühre diese Mischung unter die Teigmischung.

**5.** Stelle 3 Esslöffel Orangensaft beiseite. Den Rest des Saftes und die gehackten Mandeln gibst du in den Teig und rührst beides unter. Gib den Teig in die Backform und backe ihn ca. 45 Minuten auf der mittleren Schiene. Mache nach 40 Minuten die Stäbchenprobe.

**6.** Lasse den Kuchen in der Form etwas abkühlen bevor du ihn daraus löst und auf einem Kuchengitter vollständig auskühlen lässt.

**7.** Verrühre Puderzucker und Orangensaft, bis ein cremiger Zuckerguss entsteht. Ist er zu dünn, rühre etwas mehr Puderzucker hinein, ist er zu fest, gib mehr Saft oder Wasser dazu. Gebe den Guss über den Kuchen und dekoriere ihn nach Herzenslust.

Wir dekorieren den Kuchen gerne mit essbarem Konfetti. Dafür einfach mit einer Stanze oder dem Locher kleine Kreise aus Esspapier ausstanzen.

Wer es besonders zitronig mag, sticht den ofenwarmen Kuchen mehrmals mit der Gabel ein und tränkt ihn mit einigen Teelöffeln Zitronensaft. Wer Kokos mag, kann auch Kokosstreusel auf den Zuckerguss streuen.

# Zitronen-Funfetti-Kuchen

**Perfekt für den Partyspaß – denn sauer macht bekanntlich lustig**

**DU BRAUCHST FÜR EIN BACKBLECH**

**FÜR DEN TEIG**
350 g weiche Butter
350 g Zucker
1 Päckchen Vanillezucker
6 Eier, Größe M
Schale und Saft von 1 Bio-Zitrone
350 g Mehl, Type 405
3 gestrichene TL Backpulver

**FÜR GUSS UND DEKO**
250 g Puderzucker, gesiebt
4–5 EL Zitronensaft
Zuckerdeko

**KÜCHENUTENSILIEN**
Backblech, Backpapier, Waage, Löffel, Sparschäler, Zitruspresse, Rührschüssel, Schüssel, Handrührgerät mit Rührbesen, Holzspieß, Gabel, Kuchengitter

**1.** Heize den Ofen auf 175 °C Ober- und Unterhitze (oder 155 °C Umluft) vor und lege ein Backblech mit Backpapier aus.

**2.** Gebe Butter, Zucker und Vanillezucker in eine Schüssel und rühre sie mit den Rührbesen des Handrührgerätes cremig. Nacheinander rührst du die Eier ein.

**3.** Die Zitrone heiß abwaschen und trocken reiben. Mit einem Sparschäler die gelbe Schale abschälen, achte darauf, nicht das Weiße abzuschälen, es schmeckt bitter. Die Zitrone halbieren und beide Hälften auspressen.

**4.** Schneide die Zitronenschale in ganz kleine Stückchen und gebe sie mit 2 Esslöffeln Zitronensaft in den Teig.

**5.** Vermische Mehl und Backpulver und rühre es kurz unter den Teig.

**6.** Streiche den Teig auf das Backblech und backe ihn für ca. 20–25 Minuten auf der mittleren Schiene, bis er leicht braun wird. Mache nach 20 Minuten die Stäbchenprobe.

**7.** Nimm den Kuchen aus dem Ofen und lasse ihn vollständig auskühlen.

**8.** Verrühre Zitronensaft und Puderzucker zu einem cremigen Zuckerguss und verteile ihn auf dem Kuchen. Zum Schluss kannst du mit Zuckerstreuseln verzieren.

# Rentier-Rudolph-Brownies

Unser Liebling aus der Weihnachtsbäckerei.

**DU BRAUCHST FÜR EINE 16-CM-SPRINGFORM**

**FÜR DEN TEIG**
Butter zum Einfetten
60 g Butter
75 g Zartbitterkuvertüre
50 g Zucker
50 g gemahlene Mandeln
1 gestrichener TL Backpulver
1 Ei, Größe M

**FÜR DIE DEKORATION**
Puderzucker
einige kleine Salzbrezeln
rote Mini-Smarties
für die Nasen
Zuckeraugen

**KÜCHENUTENSILIEN**
16-cm-Springform, Messer, Schneidebrett, kleiner Topf, Metallschüssel, Schüssel, Waage, Löffel

**1.** Heize den Ofen auf 150 °C Umluft (oder 170 °C Ober-/Unterhitze) vor und fette die Springform mit etwas Butter ein.

**2.** Schmelze 60 g Butter in einem kleinen Topf.

**3.** Hacke die Zartbitterkuvertüre und schmelze sie nach Packungsanleitung. Verrühre die geschmolzene Kuvertüre gut mit der flüssigen Butter.

**4.** Rühre den Zucker in die geschmolzene Kuvertüren-Butter-Mischung. Vermische Mandeln und Backpulver und rühre es ebenfalls in die Kuvertürenmischung.

**5.** Rühre nun das Ei in die Masse. Fülle den Teig in die Form und backe ihn für ca. 30 Minuten auf der mittleren Schiene im Ofen. Der Teig darf bei der Stäbchenprobe ruhig noch klebrig sein.

**6.** Nimm den Kuchen aus dem Ofen und lasse ihn in der Form auskühlen. Dann schneidest du ihn in ca. acht Stücke.

**7.** Damit aus den Brownies Rentiere werden, verrühre etwas Puderzucker mit einigen Tropfen Wasser zu einem festen Zuckerguss. Damit werden die Zuckeraugen und die Smarties-Nasen aufgeklebt. Die Brezeln vorsichtig auseinanderbrechen und als Geweih verwenden.

Wer mag, röstet einige gehackte Mandeln und rührt sie unter den Teig. Auch Schokotropfen kann man gut einfügen. Für den Extraweihnachtsgeschmack ist ein Teelöffel Zimt im Teig auch eine gute Wahl.

# Galaxy Cupcakes

## Intergalaktisches Backvergnügen – nicht nur für Star-Wars-Fans

Foto auf Seite 6

**DU BRAUCHST FÜR 12 CUPCAKES**

**FÜR DEN TEIG**
60 g Butter
150 g Zucker
2 Eier, Größe M
175 g Mehl (Type 405)
30 g Backkakao
1 TL Backpulver
125 ml Milch

**FÜR DAS FROSTING**
200 g weiche Butter
350 g Puderzucker
4–5 EL Milch
Lebensmittelfarbpasten in schwarz, lila und blau (z. B. Pastenfarben von Wilton)

**FÜR DIE DEKO**
z. B. Zuckersterne

**KÜCHENUTENSILIEN**
Muffinblech 12 Papierförmchen, Waage, 2 Rührschüsseln, Messbecher, Löffel, mehrere kleine Schüsseln, großer Spritzbeutel mit 1-cm-Sterntülle, Handrührgerät mit Rührbesen, Kuchengitter

**1.** Heize den Ofen auf 160 °C Ober- und Unterhitze (oder 140 °C Umluft) vor und lege ein Muffinbackblech mit zwölf Papierförmchen aus.

**2.** Schlage die Butter mit den Rührbesen des Handrührgerätes schaumig. Füge den Zucker hinzu und verrühre beides miteinander. Gib nach und nach die Eier hinzu und rühre diese gründlich in den Teig ein.

**3.** Vermische in einer zweiten Schüssel Mehl, Kakao und Backpulver miteinander und hebe diese Mischung dann mit einem Löffel nach und nach unter den Teig. Rühre dann die Milch dazu.

**4.** Verteile den Teig in die Förmchen und lasse die Muffins ca. 25 Minuten auf der mittleren Schiene backen. Mache die Stäbchenprobe, eventuell müssen sie noch einige Minuten länger im Ofen bleiben. Lasse sie danach auf einem Kuchengitter vollständig auskühlen.

**5.** Für das Frosting schlägst du die Butter mit dem Handrührgerät mit den Rührbesen cremig auf. Gib nach und nach den Puderzucker dazu und rühre die Milch unter.

**6.** Teile die Creme in drei Portionen auf und färbe sie mit den Lebensmittelfarben schwarz, blau und lila ein. Die Cremes füllst du nebeneinander in einen großen Spritzbeutel mit Sterntülle (siehe Tipp).

**7.** Spritze die Creme auf die Muffins, fange dabei in der Mitte an und gehe gleichmäßig, ohne abzusetzen, spiralförmig nach außen.

**8.** Zum Schluss dekorierst du die Cupcakes mit Zuckersternen oder anderer Zuckerdeko.

Wir nehmen gerne Sterntüllen und französische Tüllen und nutzen Spritzbeutel aus Folie, die man unten auf die Größe der Tüllenöffnung zuschneidet. Es gibt aber auch wiederverwendbare Spritzbeutel.

# Cheesecake küsst Schoko-Muffin

**Dunkler Muffin mit heller Frischkäsecreme: So muss Liebe schmecken.**

### DU BRAUCHST FÜR 12 MUFFINS

**FÜR DEN TEIG**

120 g Vollmilchkuvertüre
30 g Butter
2 Eier, Größe M
100 g Zucker
1 EL Backkakao
200 g Mehl, Type 405
1 gestrichener TL Backpulver
200 ml Milch

**FÜR DIE CREME**

40 g Marzipan
1 Ei, Größe M
30 g Zucker
20 g Stärke
200 g Doppelrahmfrischkäse

### KÜCHENUTENSILIEN

Muffinblech, Muffinförmchen, Küchenreibe, Waage, Topf, Löffel, Rührschüssel, Schüssel, Handrührgerät mit Rührbesen, Messbecher, Kuchengitter, Holzspieß

**1.** Heize den Backofen auf 200 °C Ober-/Unterhitze (oder 180 °C Umluft) vor und lege ein Muffinblech mit 12 Förmchen aus.

**2.** Für die Cheesecake-Creme reibe das Marzipan mit der feinen Seite der Küchenreibe. Rühre Ei, Zucker und Marzipan mit den Rührbesen des Handrührgerätes zusammen cremig. Rühre Stärke und Frischkäse unter. Stelle die Creme kurz in den Kühlschrank.

**3.** Schmelze die Kuvertüre nach Packungsanleitung und verrühre sie mit der Butter in einem Topf bei niedriger Temperatur, lasse sie etwas abkühlen.

**4.** Verrühre Eier und Zucker mit den Rührbesen des Handrührgerätes cremig. Vermische in einer weiteren Schüssel Kakao, Mehl und Backpulver miteinander.

**5.** Rühre die abgekühlte Butter-Kuvertüren-Mischung unter die Ei-Zucker-Mischung und gib abwechselnd die Milch und die Mehlmischung dazu. Verteile den Teig in die Förmchen. Darauf verteilst du die Cheesecake-Creme.

**6.** Backe die Muffins im vorgeheizten Ofen auf der mittlerer Schiene ca. 20 Minuten und mache die Stäbchenprobe. Lasse sie auf einem Kuchengitter komplett abkühlen. Dann ziehe die Papierförmchen ab.

# Tic-Tac-Toe-Cupcakes

## 1 Rezept und 3 Varianten: Schoko-Cupcake, Beeren-Cupcake, Orangenmuffin

Foto auf der vorderen Umschlaginnenseite rechts

DU BRAUCHST FÜR 9 MUFFINS

**FÜR DEN TEIG**

55 g weiche Butter
110 g Zucker
2 Eier, Größe M
50 g Sahne
110 g Mehl, Type 405
1 gehäuften TL Backpulver

**FÜR VARIANTE 1: SCHOKO-CUPCAKES**

50 g Schoko-Chunks
1 gestrichener TL Backkakao
150 g weiche Butter
250 g Puderzucker
30 g Zartbitterkuvertüre
Schokoraspel für die Deko

**FÜR VARIANTE 2: BEEREN-CUPCAKES**

2 Esslöffel Beeren-marmelade
60 g Beeren (frisch oder tiefgefroren)
150 g weiche Butter
250 g Puderzucker
frische Beeren für die Deko

**1.** Heize den Backofen auf 180 °C Umluft (oder 200 °C Ober-/Unterhitze) vor und lege eine Muffinform mit 9 Förmchen aus.

**2.** Schlage Butter und Zucker mit den Rührbesen des Handrührgerätes schaumig. Füge die Eier nacheinander hinzu und rühre sie gut unter. Rühre die Sahne unter.

**3.** Gib Mehl und Backpulver dazu und hebe es mit einem Löffel vorsichtig unter. Du kannst die Muffins pur backen oder sie mit verschiedenen Zutaten verfeinern.

**4.** **Für Variante 1:** Rühre Chunks und Kakao in den Teig.
**Für Variante 2:** Rühre zunächst die Marmelade und dann 30 g Beeren in den Teig.
**Für Variante 3:** Rühre den Schalenabrieb von 1 Orange und 1 Esslöffel Orangensaft in den Teig.

**5.** Verteile den Teig auf die Förmchen und backe sie für ca. 15–20 Minuten auf der mittleren Schiene, bis die Muffins goldbraun sind. Mache die Stäbchenprobe. Lasse sie dann vollständig auf einem Kuchengitter auskühlen.

**FÜR VARIANTE 3: ORANGENMUFFINS**
abgeriebene Schale von 1½ Bio-Orangen
1 EL Orangensaft
100 g weiße Schokolade

**KÜCHENUTENSILIEN**
Muffinblech, Muffinpapierförmchen, Waage, Löffel, Rührschüssel, Schüssel, Handrührgerät mit Rührbesen, Messbecher, Kuchengitter, Spritzbeutel mit Sterntülle, weitere Küchenutensilien je nach Variante erforderlich

**6. Für Variante 1:** Verrühre die weiche Butter mit Puderzucker zu einer gleichmäßigen Creme. Schmelze die Zartbitterkuvertüre nach Packungsanleitung. Lasse die flüssige Kuvertüre kurz abkühlen und hebe sie dann unter die Creme. Fülle die Creme in den Spritzbeutel, gebe auf jeden Cupcake einen Cremetuff und darauf die Schokoraspel.

**Für Variante 2:** Verrühre die weiche Butter mit Puderzucker zu einer gleichmäßigen Creme. Koche die restlichen Beeren mit 1 Esslöffel Wasser in einem kleinen Topf. Streiche die Beeren durch ein Sieb und lasse die Masse kurz abkühlen. Dann hebst du sie unter die Creme. Fülle die Creme in einen Spritzbeutel und spritze auf jeden Cupcake einen Cremetuff. Als Deko kannst Du frische Beeren nehmen.

**Für Variante 3:** Hacke die Schokolade in kleine Stückchen. Für ein Wasserbad füllst du einen Topf einige Zentimeter hoch mit Wasser. Hänge nun eine passende, hitzebeständige Schüssel so in den Topf, dass sie nicht das Wasser berührt. Gebe die Schokostückchen in die Schüssel. Erhitze vorsichtig das Wasser im Topf, es soll nicht kochen. Durch den Wasserdampf schmilzt die Schokolade, dabei muss sie umgerührt werden. Wichtig ist, dass kein Wasser in die Schokolade gelangt, sonst wird sie klumpig. Rühre den restlichen Schalenabrieb in die Schokolade und verteile sie über den Muffins.

Besonders leicht lässt sich ein Spritzbeutel mit Creme befüllen, wenn man ihn in ein hohes, schmales Gefäß (z. B. Weißbierglas) stellt und den oberen Teil des Beutels über die Kante des Gefäßes stülpt.

# Grusel-Cupcakes

## Halloween kann kommen

Foto auf Seite 93

**FÜR 8 CUPCAKES**

**1 Packung Oreo-Kekse**
**50 g Butter**
**350 g Doppelrahmfrischkäse**
**125 g Zucker**
**10 g Speisestärke**
**2 Eier, Größe M**
**100 g Schlagsahne**
**rote Lebensmittelfarbpaste**

**DEKORATION**

**Zucker- oder Schokoaugen, Rezept auf Seite 71**

**KÜCHENUTENSILIEN**

8 Muffinförmchen aus Papier oder Silikon, Gefrierbeutel, Nudelholz, Muffinförmchen oder -blech, kleiner Topf, Waage, Löffel, Rührschüssel, Handrührgerät mit Rührbesen, Kuchengitter

**1.** Gebe die Kekse in einen großen Gefrierbeutel, streiche die Luft aus dem Beutel und verschließe ihn. Rolle mit einem Nudelholz fest darüber, bis die Kekse fein zerkrümelt sind.

**2.** Schmelze die Butter in einem Topf und vermische sie mit den Kekskrümeln.

**3.** Verteile die Masse in acht Muffinförmchen und drücke sie fest. Stelle sie für eine halbe Stunde in den Kühlschrank. Heize den Backofen auf 150 °C Umluft (oder 170 °C Ober-/Unterhitze) vor.

**4.** Verrühre mit den Rührbesen des Handrührgerätes Frischkäse, Zucker und Stärke miteinander. Rühre nacheinander die Eier ein.

**5.** Schlage die Sahne steif und hebe sie unter die Frischkäsemasse. Färbe die Creme rot ein.

**6.** Verteile die rote Creme auf den Keksböden und backe sie 20 Minuten im Ofen auf der mittleren Schiene. Lasse sie im ausgeschalteten Ofen eine dreiviertel Stunde ruhen.

**7.** Nimm sie aus dem Ofen und lasse sie vollständig (am besten über Nacht) auskühlen. Löse sie dann vorsichtig aus den Förmchen.

Zum Festkleben kannst du Puderzucker mit einigen Tropfen Wasser zu einem festen Zuckerguss verrühren. Du kannst auch Halloween-Caketopper basteln und z. B. kleine Grabsteine aus Papier mit Hilfe eines Holzstabs auf die Cupcakes dekorieren.

**8.** Nun kannst du die Cupcakes dekorieren: setze Augen darauf oder male ein Spinnennetz aus geschmolzener Kuvertüre auf die Cupcakes.

## SCHOKO-AUGEN

**1.** Schmelze 50 g weiße Kuvertüre nach Packungsanleitung. Lege ein kleines Stück Backpapier auf die Arbeitsfläche. Gebe mit einem Teelöffel die Kuvertüre als Punkte in der Größe eines Fingernagels auf das Backpapier und forme sie oval. Lasse sie kalt werden.

**2.** Schmelze 20 g dunkle Kuvertüre und gebe sie mit einem Holzstäbchen auf die weißen Ovale. Forme sie rund und lasse sie kalt werden.

# Vegane Mandel-Schoko-Muffins

**Backen ohne Butter und Ei**

### DU BRAUCHST FÜR 12 MUFFINS

250 g Mehl, Type 405
50 g Backkakao
150 g Zucker
1 Päckchen Backpulver
75 ml Sonnenblumenöl
250 ml Haferdrink
50 g gehackte Mandeln
Puderzucker zum Bestäuben

### KÜCHENUTENSILIEN

Muffinblech oder -förmchen, Papierförmchen, Waage, Löffel, Rührschüssel, Handrührgerät mit Rührbesen, Kuchengitter, Messbecher

**1.** Heize den Ofen auf 180 °C Umluft (oder 200 °C Ober-/Unterhitze) vor und lege ein Muffinblech mit Papierförmchen aus.

**2.** Vermische in einer Rührschüssel Mehl, Kakao, Zucker und Backpulver miteinander. Gib Sonnenblumenöl und Haferdrink dazu und verrühre die Masse mit den Rührbesen des Handrührgerätes zu einem Teig. Hebe die gehackten Mandeln unter und verteile den Teig auf die Förmchen.

**3.** Lasse die Muffins 20–25 Minuten auf der mittleren Backschiene backen und gib sie dann zum Abkühlen auf ein Kuchengitter. Wenn sie vollständig ausgekühlt sind, bestäube sie mit Puderzucker.

# Eis-am-Stiel-Kuchen

**Sieht aus wie ein Eis, ist aber ein Kuchen**

Foto auf Seite 76

**DU BRAUCHST FÜR CA. 10–12 EIS-KUCHEN**

200 g weiche Butter + Butter zum Einfetten
175 g Zucker
2 EL Milch
5 Eier, Größe M
250 g Mehl, Type 405 + Mehl zum Bestäuben der Form
50 g Speisestärke
50 g Backkakao
½ Päckchen Backpulver

**FÜR DIE DEKORATION**
250 g weiße Kuvertüre
bunte Zuckerdeko

**KÜCHENUTENSILIEN**
25-cm-Kastenform, Waage, Löffel, Rührschüssel, Schüssel, Handrührgerät mit Rührbesen, Messbecher. Kuchengitter, Holzspieß, Messer, Backpinsel, kleiner Topf, Metallschüssel, Schneidebrett, Eisstiele

**1.** Fette die Kastenform gründlich ein und bestäube sie mit Mehl. Heize den Backofen auf 160 °C Umluft (oder 180 °C Ober-/Unterhitze) vor.

**2.** Für den Rührteig schlägst du Butter und Zucker mit den Rührbesen des Handrührgeräts sehr schaumig auf. Gib dann die Milch dazu. Dann rührst du ein Ei nach dem anderen unter.

**3.** Mische Mehl, Stärke, Kakao und Backpulver miteinander und rühre die Mischung kurz unter den Teig.

**4.** Fülle den Teig in die Form, streiche ihn glatt und lasse ihn im Ofen im unteren Drittel ca. 1 Stunde backen.

**5.** Nimm den Kuchen heraus und lasse ihn 15 Minuten in der Form abkühlen, bevor du ihn zum vollständigen Auskühlen auf ein Kuchengitter stürzt. Wichtig: Bevor du den Kuchen zerschneidest, muss er vollständig ausgekühlt sein. Du kannst ihn sogar schon einen Tag vorher backen.

**6.** Schneide den Kuchen in nicht zu große Eisportionen. Wichtig ist, dass du die Stücke etwas dicker, also ca. 2–3 cm dick, schneidest, sonst zerfallen sie leicht, wenn der Stiel hineingesteckt wird. Stecke in jedes Eisstück einen Stiel. Dieser sollte mindestens bis in die Mitte, eher sogar noch weiter in den Kuchen gesteckt werden.

Du kannst auch einen fertigen Rührkuchen kaufen und ihn nur noch zuschneiden und verzieren.

**7.** Schmelze die Kuvertüre nach Packungsanleitung. Bestreiche die Eisstücke mit einem Pinsel zu ca. ¾ mit der Schokolade. Am besten legst du sie dazu auf ein Kuchengitter und bestreichst sie von oben und den Seiten. Anschließend verzierst du sie mit Zuckerdeko. Ist alles getrocknet, kann die Rückseite verziert werden.

# Cake-Pops Black and white

**Cake-Pops sind der Hingucker auf jeder Party! Aber Achtung! Sie sind gaaaanz schnell aufgefuttert!**

**Foto auf Seite 77**

**DU BRAUCHST FÜR CA. 18 CAKE-POPS**

**FÜR DEN TEIG**

- **300 g heller Tortenboden (Fertigprodukt)**
- **140 g Doppelrahmfrischkäse**
- **60 g weiche Butter**
- **70 g Puderzucker**

**FÜR DIE DEKO**

- **100 g Zartbitterkuvertüre**
- **100 g weiße Kuvertüre**

**KÜCHENUTENSILIEN**

18 Cake-Pop-Stiele, Waage, Löffel, 2 Rührschüsseln, Teller, Handrührgerät mit Rührbesen, Messer, Schneidebrett, 2 Töpfe, 2 Metallschüsseln, Karton als Trockengestell

**1.** Zerkrümle den Tortenboden in einer großen Schüssel in feine Krümel.

**2.** Verrühre Frischkäse, Butter und Puderzucker in einer Rührschüssel mit den Rührbesen des Handrührgerätes ca. 3–4 Minuten zu einer cremigen Masse.

**3.** Gib diese Creme mit einem Löffel nach und nach zu den Krümeln und knete die Masse so lange, bis sie gut formbar ist. Es kann sein, dass etwas Frischkäsecreme übrig bleibt. Wichtig ist, dass die Masse nicht an den Händen kleben bleibt.

**4.** Rolle ca. 18 Bällchen aus der Frischkäse-Krümel-Masse und stelle diese auf einem Teller für 30 Minuten in den Kühlschrank.

**5.** Hacke die Kuvertüren separat mit einem scharfen Messer auf einem Schneidebrett in feine Stücke. Schmelze sie getrennt nach Packungsanleitung. Für ein Wasserbad füllst du einen Topf einige Zentimeter hoch mit Wasser. Hänge nun eine passende, hitzebeständige Schüssel so in den Topf, dass sie nicht das Wasser berührt. Gebe die Kuvertürestückchen in die Schüssel. Erhitze vorsichtig das Wasser im Topf, es soll nicht kochen. Durch den Wasserdampf schmilzt die Kuvertüre, dabei muss sie umgerührt werden. Wichtig ist, dass kein Wasser in die Kuvertüre gelangt, sonst wird sie klumpig.

**6.** Nimm die Bällchen aus dem Kühlschrank und tauche die Cake-Pop-Stiele ca. 1 cm tief in die Kuvertüre, dann stecke sie in die Kugeln. Stelle diese noch einmal für 15 Minuten in den Kühlschrank.

**7.** Tauche die Hälfte der Cake-Pops nacheinander schräg in die dunkle Kuvertüre, die andere Hälfte in die weiße Kuvertüre. Drehe die Cake-Pops vorsichtig, bis sich die Kuvertüre überall verteilt und lasse sie über der geschmolzenen Kuvertüre abtropfen.

**8.** Zum Trocknen der Cake-Pops kannst du einen Karton nehmen: Mit einem Nagel einige Löcher einstechen (auf genügend Abstand achten) und die Cake-Pop-Stiele einstecken.

**9.** Wenn die Kuvertüre auf allen Cake-Pops getrocknet ist, nimmst du für die weißen etwas dunkle Kuvertüre auf einen Teelöffel und bewegst diesen schnell über den Cake-Pops hin und her, so dass ein Muster entsteht. Mache es bei den dunklen umgekehrt und lasse sie wieder trocknen.

Statt Cake-Pop-Stiele kannst du auch Trinkhalme aus Papier verwenden. Auch Schaschlikspieße lassen sich im Notfall nutzen. Hast du keine Stiele, sehen die Cake-Pops übrigens auch in kleinen Muffinförmchen sehr schön aus.

# Blätterteig-Schnecken-Lollies

## Supereinfaches Naschglück

**DU BRAUCHST FÜR CA. 30 LOLLIES**

275 g Fertig-Blätterteig
Nussnougatcreme oder Lieblingsmarmelade

**KÜCHENUTENSILIEN**
2 Backbleche, Backpapier, Messer, Löffel, Kuchengitter, nach Belieben Eis-oder Cake-Pop-Stiele

Warum nicht gleich zwei Sorten backen? Dazu bestreichst du die Hälfte des Teigs mit Nussnougatcreme und die andere mit Marmelade.

1. Heize den Backofen auf 200 °C Ober- und Unterhitze (oder 180 °C Umluft) vor und legt zwei Bleche mit Backpapier aus.
2. Entrolle den Blätterteig und streiche ihn mit Nussnougatcreme oder Marmelade ein.
3. Rolle den Teig längsseitig auf und schneide ca. 5 mm dicke Scheiben ab.
4. Lege die Scheiben mit etwas Abstand zueinander auf das Backpapier. Schiebe die Bleche in den Ofen und reduziere die Hitze auf 180 °C (bei Umluft 160 °C).
5. Backe sie ca. 12 Minuten bis sie goldbraun sind. Nimm die Blätterteigschnecken aus dem Ofen und lasse sie auf einem Kuchengitter kurz abkühlen.
6. Stecke vorsichtig Eis- oder Cake-Pop-Stiele in die Schnecken. Einfacher ist es, die Schnecken als Kekse zu servieren.

# Süße Pommes mit Erdbeerketchup

**Mit Essen darf man eben doch spielen …**

**DU BRAUCHST FÜR CA. 40 POMMES**

**FÜR DIE POMMES**
200 g Butter
100 g Puderzucker
1 Ei, Größe M
300 g Mehl, Type 405

**FÜR DEN ERDBEERKETCHUP**
100 g Erdbeeren, gewaschen, abgetrocknet und entstielt
1 gestrichener EL Zucker
1 EL Wasser

**KÜCHENUTENSILIEN**
Backblech, Backpapier, Frischhaltefolie, Waage, Löffel, Nudelholz, Messer, Schneidebrett, kleiner Topf, Pürierstab, Rührschüssel, Handrührgerät mit Rührbesen, Kuchengitter

**1.** Heize den Backofen auf 175 °C Umluft (oder 195 °C Ober-/Unterhitze) vor und lege ein Backblech mit Backpapier aus.

**2.** Schlage Butter und Puderzucker mit den Rührbesen des Handrührgerätes schaumig. Füge das Ei hinzu und rühre es in die Buttermasse ein. Zuletzt gibst du das Mehl hinzu und verknetest den Teig mit den Händen zu einem geschmeidigen Teig.

**3.** Wickel den Teig in Frischhaltefolie und lege ihn für 30 Minuten in den Kühlschrank.

**4.** Rolle den Teig auf einer bemehlten Arbeitsfläche ungefähr einen 1 cm dick aus. Schneide mit einem scharfen Messer oder einem Pizzaroller den Teig in ca. 1 cm breite und 8–10 cm lange „Pommes“.

**5.** Lege die Pommes auf das Backblech und backe sie auf der mittleren Schiene für ca. 15 Minuten. Lasse sie auf einem Kuchengitter auskühlen.

**6.** Für den Ketchup schneidest du die Erdbeeren in Stückchen und gibst sie mit Zucker und Wasser in einen kleinen Topf. Lasse sie einige Minuten köcheln, bis die Erdbeeren weich werden. Nimm den Topf vom Herd und püriere die Erdbeersoße mit einem Pürierstab. Lasse sie etwas abkühlen.

Quality –
Original Homemade
20 by Elisa
Yeovil on top form
((80/81))Süße Pommes mit
Mit Essen darf man eben
Du brauchst
Für die Pommes
200 g Butter
100 g Puderzucker
1 Ei, Größe M

# Müsliriegel On the road

## Kerniger Fitmacher

**DU BRAUCHST**
**FÜR 9–12 RIEGEL**

**120 g entsteinte, weiche Datteln**
**80 g gemischte Nüsse, Mandeln oder Kerne**
**200 g zarte Haferflocken**
**120 g Mandelmus**
**80 g flüssiger Honig**

**KÜCHENUTENSILIEN**

Pürierstab, Wasserkocher oder kleiner Topf, Pfanne, Waage, Löffel, Rührschüssel, kleines Backblech oder Auflaufform, Backpapier, Messer

**1.** Übergieße die Datteln knapp mit heißem Wasser und lasse sie ca. 10 bis 15 Minuten einweichen.

**2.** Hacke die Nüsse, Mandeln oder Kerne klein. Röste sie in einer Pfanne ohne Fett zusammen mit Haferflocken, bis sie leicht knusprig werden.

**3.** Püriere die Datteln mit dem Einweichwasser mit einem Pürierstab zu einer klebrigen Masse.

**4.** Verrühre Mandelmus und Honig miteinander und füge die Datteln und die geröstete Haferflockenmischung dazu. Verknete alles miteinander.

**5.** Lege eine kleine Backform mit Backpapier aus und drücke die Masse fest hinein. Die Masse sollte ca. 2 cm hoch sein.

**6.** Lasse sie über Nacht im Kühlschrank fest werden und schneide sie dann in ca. 3 cm breite und 8 cm lange Riegel.

# Apfel-Streusel-Tarte

**Reichlich Streusel und süßer Apfel sorgen für Naschgenuss.**

#### DU BRAUCHST FÜR EINE 11 X 35-CM-TARTEFORM

150 g weiche Butter + Butter zum Einfetten
225 g Mehl, Type 405
100 g Zucker
1 Prise Salz
75 g gehackte Mandeln
230 g Äpfel
1 EL Wasser
¼ TL Zimt
Puderzucker zum Bestäuben

#### KÜCHENUTENSILIEN

rechteckige Tarte- oder Auflaufform, ca. 11 x 35 cm, Waage, Löffel, Rührschüssel, Schüssel, Messer, Schneidebrett, kleiner Topf mit Deckel, Handrührgerät mit Knethaken, Holzspieß, Kuchengitter

**1.** Fette die Form ein und heize den Ofen auf 180 °C Umluft (oder 200 °C Ober-/Unterhitze) vor.

**2.** Verrühre Butter, Mehl, Zucker und Salz mit den Knethaken des Handrührgerätes zu groben Streuseln.

**3.** Gib ca. ¾ der Streusel auf den Boden der Tarteform und drücke sie fest.

**4.** Die Äpfel waschen, abtrocknen, schälen, vierteln und entkernen. Schneide die Apfelviertel in ca. 1 x 1 cm große Stücke. Gib sie mit einem Esslöffel Wasser und dem Zimt in einen kleinen Topf mit Deckel und lasse sie ca. 5–8 Minuten weich dünsten.

**5.** Lasse die Äpfel kurz abkühlen und verteile sie auf dem Streuselboden. Streue die übrigen Streusel und die gehackten Mandeln auf die Äpfel und backe die Tarte für ca. 30 Minuten auf der mittleren Schiene, bis die Streusel schön braun werden.

**6.** Lasse die Tarte 45 Minuten abkühlen bevor du sie aus der Form hebst. Bestreue sie vor dem Servieren mit Puderzucker.

Du kannst statt der Äpfel auch Beeren (frisch oder tiefgekühlt) nehmen. Diese musst du nicht weich kochen, sondern gibst sie direkt auf den Teig.

# Rezeptregister nach Kapiteln



# Alphabetisches Rezeptregister

**ABKÜRZUNGEN**

| | |
|---|---|
| **TL** | Teelöffel, wenn nicht anders angegeben, ist ein leicht gehäufter Löffel gemeint |
| **EL** | Esslöffel, wenn nicht anders angegeben, ist ein leicht gehäufter Löffel gemeint |
| **g** | Gramm: 1000 g = 1 Kilogramm |
| **ml** | Milliliter: 1000 ml = 1 Liter |
| **l** | Liter |
| **mm** | Millimeter: 10 Millimeter = 1 Zentimeter |
| **cm** | Zentimeter: 100 Zentimeter = 1 Meter |
| **ca.** | zirka |
| **z.B.** | zum Beispiel |
| **°C** | Grad Celsius |

# Sachwortregister

10. Auflage 2026


produktsicherheit@penguinrandomhouse.de
(Vorstehende Angaben sind zugleich Pflichtinformationen nach GPSR.)

ISBN 978-3-8094-4496-1



Umschlaggestaltung: Atelier Versen, Bad Aibling
Fotografie, Foodstyling und Styling: Udo Einenkel
Herstellung: Elke Cramer
Bildredaktion: Sabine Kestler
Projektleitung: Anja Halveland



Satz und Layout: Nadine Thiel, kreativsatz, Baldham
Repro: Mohn Media Mohndruck GmbH, Gütersloh
Druck und Bindung: Alföldi Nyomda Zrt., Debrecen

Printed in Hungary

Penguin Random House Verlagsgruppe FSC® N001967

**DANK**

Wir danken unseren Backtesterinnen und -testern, die mit viel Liebe unsere Rezepte nachgebacken haben. Danke an Pauline, Liah, Julian, Fiona, Emma und Lina.

MADE IN GERMANY
1½"